LES MIRAGES

Compétiteurs retors, les Mirages sont aussi connus pour leurs tours de passe-passe

FOURBES • SALTIMBANQUES • ILLUSIONNISTES

Magiciens professionnels, les Mirages sont populaires à Olympia pour les spectacles de prestidigitation qu'ils donnent au Square des Merveilles, mais ils se distinguent également dans les arènes des Marblegames ! Leurs redoutables snipers, David et Kamel, n'hésitent pas à se servir des billes hypnotiques créées par Yanko le Magnifique, leur alchimiste illusionniste.

TERRITOIRE : LE SQUARE DES MERVEILLES

LES COMÈTES

Inventées par Luna, les Comètes sont des marblegens à l'effet boomerang

Nées de l'esprit ingénieux de Luna, les Comètes sont des marblegens inédites, d'un type encore jamais vu dans les Marblegames ! Grâce à l'effet accélérant du Nitinol, elles font partie des billes les plus rapides du jeu. Par ailleurs pourvues d'une trajectoire elliptique, elles reviennent vers leurs joueurs comme des boomerangs et permettent de contourner des obstacles.

COUP SPÉCIAL : BOOMERANG

HARRY CUP

Présentateur des Marblegames, Harry Cup joue également le rôle d'arbitre lors des matchs

EXUBÉRANT • PASSIONNÉ • IMPARTIAL

En tant que présentateur officiel des Marblegames, Harry Cup a pour mission de commenter les Battles pour les spectateurs. Également arbitre, il se déplace dans l'arène grâce à ses rollers pour rester au plus près des joueurs. Il souligne les infractions et décrit en détail les actions réalisées au cours des matchs. Expert en marblegens, il analyse les stratégies avec finesse.

TERRITOIRE : OLYMPIA ARENA

HAMAL

Étoile la plus brillante de la constellation du Bélier, Hamal est une Astrobille belliqueuse

Appartenant à la constellation du Bélier, Hamal est également appelée Alpha Arietis. Son étoile fait référence à Chrysomallos, le bélier de la mythologie grecque connu pour sa toison d'or. Avec ses reflets dorés, l'Astrobille Hamal rend hommage à cette créature légendaire. Elle est habitée par le même esprit furieux qui la rend agressive et redoutable.

COUP SPÉCIAL : CHARGE INCENDIAIRE

CHARYBDE

Bille créature mythique, Charybde engloutit les billes adverses dans son tourbillon

D'un bleu profond et captivant, Charybde est une bille créature légendaire tant pour sa beauté que pour sa puissance terrible. Lorsqu'elle répond à l'appel de son joueur, elle ouvre un véritable trou noir dans l'arène, sous la forme d'un tourbillon qui engloutit les billes adverses et les fait disparaître à jamais. Malheureusement, elle est perdue depuis 40 a

COUP SPÉCIAL : TOURBILLON

LA COMBO-CONSTELLATION DES GÉMEAUX

Constituée des trois Astrobilles des Gémeaux, cette Combo-Constellation fige le jeu

REMUS • ROMULUS • ALHENA

Les Combo-Constellations sont des figures d'Astrobilles qui permettent de débloquer un pouvoir spécial lorsque toutes les marblegens nécessaires sont placées dans l'arène selon la disposition de la constellation concernée. La formation des Gémeaux, reposant sur Remus, Romulus et Alhena, provoque l'attaque Gravité Maximum, qui fixe toutes les autres billes au sol.

COUP SPÉCIAL : GRAVITÉ MAXIMUM

LES LIVRES DU DRAGON D'OR

Les Livres du Dragon d'Or
Un département d'Édi8,
12, avenue d'Italie, 75013 Paris

Adaptation de Marie Alhinho d'après l'épisode *L'Antre des Mirages*
de Sébastien Paris, Guilain De Aguiar et Romain Sordet de la série *Marblegen*,
créée par Sylvain Dos Santos, réalisée par Daniel Dubuis et Olivier Jongerlynck.
Création graphique de Bertrand Todesco, Charles Barrez et Renaud Bouet.
Maquette : Nicolas Galy pour NoOok
ISBN : 978-2-8212-1119-3
Dépôt légal : août 2019 - Imprimé en U.E.
Loi n° 49-956 du 16 juillet 1949 sur les publications destinées à la jeunesse, modifiée
par la loi n° 2011-525 du 17 mai 2011.

MARBLEGEN

L'ANTRE DES MIRAGES

LES LIVRES DU DRAGON D'OR

Dans l'équipe des Météores, prodiges des Marblegames malgré leur jeune âge, Cosmo et Sam ne sont pas connus pour leur ponctualité. Pourtant, aujourd'hui, ils arrivent les premiers à l'observatoire des Costello, où ils doivent s'entraîner avec leur partenaire Aïssa et leur alchimiste Luna.

— Tu ne stresses pas un peu pour le match contre les Mirages ? demande Sam, le plus jeune de la bande.

Cosmo, doté d'une assurance à toute épreuve, le détrompe tout de suite : pourquoi angoisserait-il pour un match ?

– Luna va bien trouver une astuce alchimique pour nous aider ! déclare-t-il sans hésiter.

Il traverse le laboratoire avec insouciance et commence à jongler avec des fioles à l'aspect dangereux. Il fait le pitre et, malgré les avertissements de Sam, finit par briser l'un des flacons !

— Aïe ! s'écrie-t-il lorsque le liquide vert contenu dans la fiole se répand sur son visage. Ça brûle !

Il en a du front au menton et même dans les yeux ! Sam se dépêche de **l'asperger d'eau** pour le rincer. Puis, une fois le danger écarté, il vérifie la nature de la substance verte dans **l'encyclopédie** de Luna.

— C'est bon, dit Sam avec soulagement. C'est de la **thermoline**, ce n'est pas dangereux !

— Tu es sûr ? rétorque Cosmo.

Malgré les propos rassurants de son ami, il a les yeux rouges et pleure abondamment. À peine Sam lui a-t-il expliqué les effets désagréables qui pourraient survenir que des bruits de pas résonnent dans le laboratoire. Ce sont les autres qui arrivent, accompagnés de Zuméo, le père de Luna ! Il faut tout remettre en ordre avant qu'ils ne remarquent la fiole cassée !

– Vous êtes au courant ? demande Aïssa dès qu'elle pénètre dans la pièce.

Sniper des Météores comme Cosmo, elle connaît les ficelles des Marblegames par cœur et a l'habitude de se renseigner sur les équipes concurrentes. Or, elle a appris que les Mirages, qu'ils affrontent dans quelques heures, disposent d'une bille dévastatrice :

– Ils ont retrouvé Charybde ! annonce-t-elle avec inquiétude.

Cette bille mythique, perdue depuis des années, représente un véritable cauchemar pour les joueurs qui doivent l'affronter.

— Je l'ai vue à l'œuvre une fois, raconte Zuméo en montrant aux enfants un ouvrage ancien relatant les exploits de Charybde. Ce jour-là, plusieurs marblegens puissantes ont été absorbées pour toujours dans son tourbillon sans fond.

Les Météores boivent ses paroles, abasourdis.

Si les billes adverses disparaissent à jamais lorsqu'elles sont avalées par Charybde, Aïssa et Cosmo ne doivent surtout pas jouer Remus et Romulus, leurs marblegens fétiches, car ils pourraient les perdre pour toujours !

— C'est super risqué ! s'exclame Cosmo.

Heureusement, Luna a réfléchi à un nouveau type de billes qui pourra peut-être permettre de contourner Charybde !

Pour réaliser son projet, Luna doit se procurer de la mandragore au marché des alchimistes. Elle entraîne Sam avec elle pour en acheter mais, malheureusement, tous les stocks sont épuisés. Tim Smector, un marchand connu pour ses mauvais coups, semble avoir dévalisé toutes les échoppes !

Qu'à cela ne tienne, Luna a plus d'un tour dans son sac : elle remplace la mandragore par du Nitinol pour créer des marblegens Comètes dont l'effet boomerang pourra contrecarrer Charybde.

De retour à l'observatoire, Luna a à peine le temps de montrer les billes Comètes à Cosmo et Aïssa qu'elle doit déjà repartir au marché compléter ses réserves d'ingrédients. Sam la suit, mais un charriot à glaces attire son attention. À peine a-t-il entamé son goûter qu'un inconnu le percute dans la rue… et ce n'est autre que Tim Smector ! L'individu ne prend pas la peine de s'excuser et s'éloigne avec dédain. Sam, intrigué, le suit jusqu'à une ruelle sombre où il le voit conspirer avec un homme au regard fourbe.

Sam s'empresse de retrouver Luna et lui explique la situation. En réalité, Tim Smector avait rendez-vous avec Yanko le Magnifique, l'alchimiste des Mirages. Or, Smector a été banni des Marblegames pour avoir fabriqué des billes tueuses !

— Les Mirages nous préparent un coup pourri, c'est sûr ! s'alarme Sam.

Luna tente de raisonner son ami : aucune équipe des Marblegames n'agirait de la sorte ! Toutefois, une alliance entre Yanko et Smector ne présage rien de bon...

Malgré les protestations de Luna, Sam a bien l'intention d'enquêter : pas question que Cosmo et Aïssa courent le moindre danger lors du match ! Sur le chemin du retour, il insiste pour s'approcher du laboratoire des Mirages et convainc Luna de s'y introduire en douce.

— Promis, je ne touche à rien ! garantit le garçon.

Lorsqu'ils s'infiltrent par le soupirail, ils ne se doutent pas qu'ils sont sur le point d'être piégés.

À l'intérieur, Luna et Sam découvrent le labyrinthe qui protège l'antre des Mirages. Ces illusionnistes hors pairs ont pris le soin d'aménager un dédale de miroirs déformants, et même un gouffre en trompe-l'œil, pour parer à toute intrusion.

— Il faut qu'on sorte de là ! s'impatiente Luna, complètement désorientée.

À force de persévérance, les espions en herbe finissent par atteindre le laboratoire.

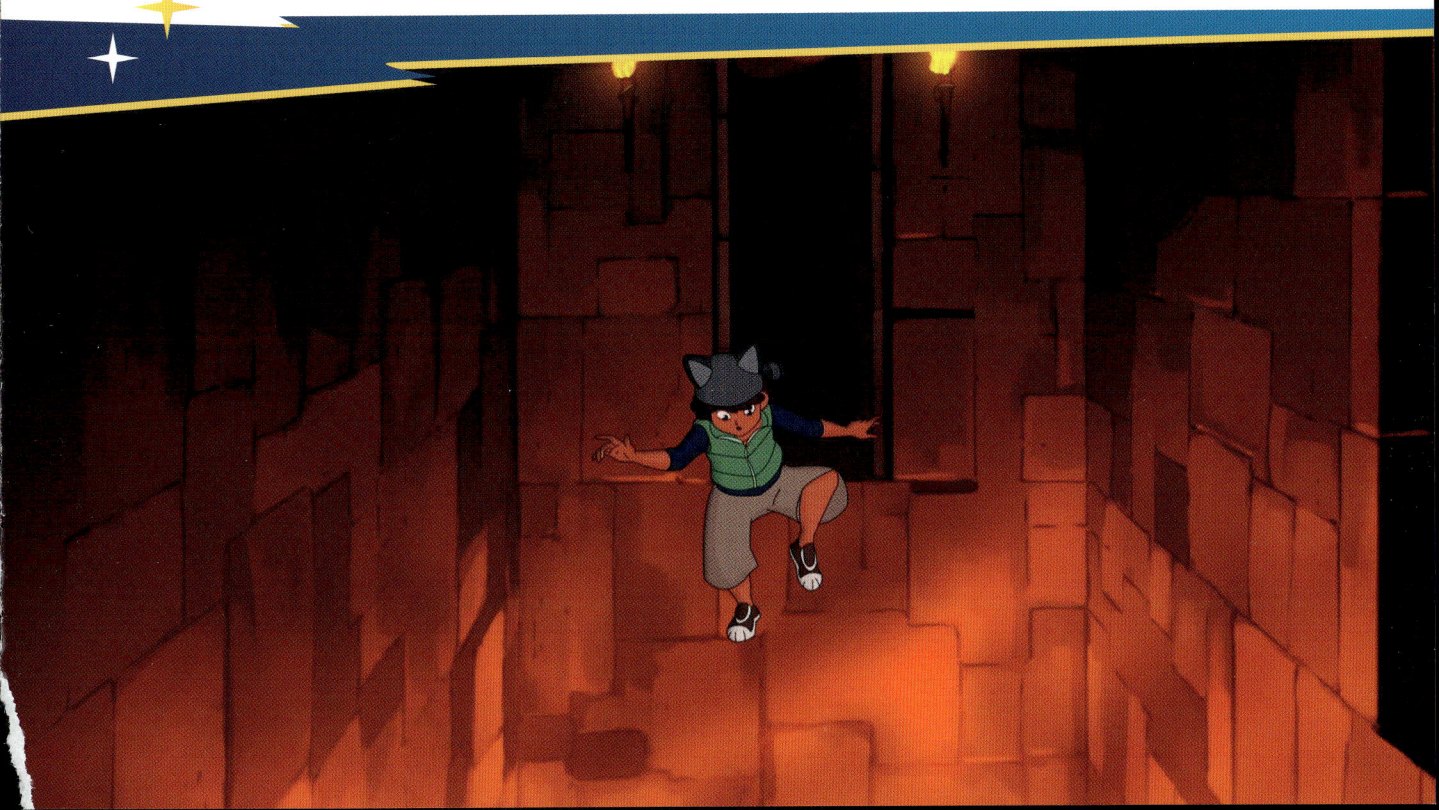

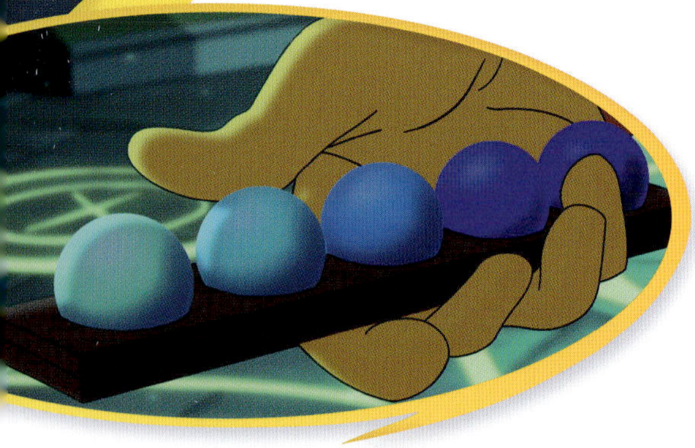

Ils mettent la main sur le grimoire des Mirages et découvrent également une série de billes expérimentales, toutes d'un bleu profond. Luna comprend que leurs adversaires n'ont jamais retrouvé Charybde, mais fabriqué une copie pour duper les Météores lors du match ! Curieux, Sam tente d'activer la bille prototype :

— Charybde, prononce-t-il distinctement, provoquant aussitôt un tourbillon hypnotique.

Pendant que Luna lutte pour libérer Sam de l'envoûtement de la bille, Aïssa et Cosmo s'entraînent avec les Comètes. Ces billes uniques permettent de contourner un obstacle : il suffit de les lancer sur le côté et, lorsqu'elles sont activées, elles reviennent en arrière d'elles-mêmes. C'est parfait pour éviter le tourbillon de Charybde !

— Boomerang ! s'écrie Aïssa en lançant sa marblegen sur le terrain.

La bille s'enflamme et, dessinant une orbite dans l'arène, elle fuse plus rapidement qu'une étoile filante pour se loger au bord du puits.

— Ça y est, se félicite Aïssa, j'ai enfin trouvé comment maîtriser sa trajectoire !

C'est au tour de Cosmo de jouer sa Comète, mais il peine à viser. Pourtant très adroit d'ordinaire, il n'a pas réussi un seul tir depuis le début de l'entraînement !

Depuis qu'il a renversé la thermoline sur son visage, ses yeux le démangent et sa vision se brouille en permanence. Il ne parvient pas à discerner le puits distinctement ! Il n'a pas voulu avouer sa faiblesse à sa partenaire mais, après un énième tir raté, il doit tout lui révéler :

— Ce matin, j'ai fait une grosse boulette, déclare-t-il.

Aïssa le convainc de se confier à Zuméo pour qu'il le soigne.

Le vieil alchimiste lui administre un cataplasme et lui bande les yeux.

— Mais... comment je vais m'entraîner si je ne vois rien ? réplique Cosmo.

Le match contre les Mirages approche à grands pas : le sniper doit absolument maîtriser le pouvoir des Comètes avant de les affronter ! Zuméo lui conseille alors de jouer à l'aveugle en s'aidant de ses autres sens, comme l'ouïe ou le toucher.

Les paupières closes, Cosmo retourne sur le terrain d'entraînement et écoute les instructions d'Aïssa pour viser :

— Plus bas, la main, le guide-t-elle. Légèrement plus à droite.

Après une dizaine de tirs infructueux, Cosmo approche enfin une bille du puits, mais la frustration le tenaille : il ne sera jamais prêt ! Il ôte sa compresse et fait semblant d'être guéri.

Lorsque le match contre les Mirages débute, Cosmo et Aïssa se sentent prêts, mais Luna et Sam ne sont toujours pas revenus. Il est trop tard pour les appeler, la Battle doit commencer :

— Bienvenue, mes chers petits MarbleFanatics ! s'exclame le présentateur Harry Cup sous les applaudissements du public.

Il rappelle ensuite que, pour la Battle Puits, les snipers disposent de trois billes chacun, qu'ils peuvent lancer jusqu'à trois fois.

— Mais que vois-je là ? s'écrie soudain Harry Cup.

Les hourras des spectateurs redoublent lorsque Kamel brandit Charybde.

— Sa dernière apparition date d'il y a quarante ans ! s'extasie le présentateur. Par quel miracle les Mirages ont-ils pu la retrouver ?

C'est sous les cris de la foule en délire que les quatre joueurs se placent sur le terrain. Aïssa et Cosmo ont préparé leur plan d'attaque.

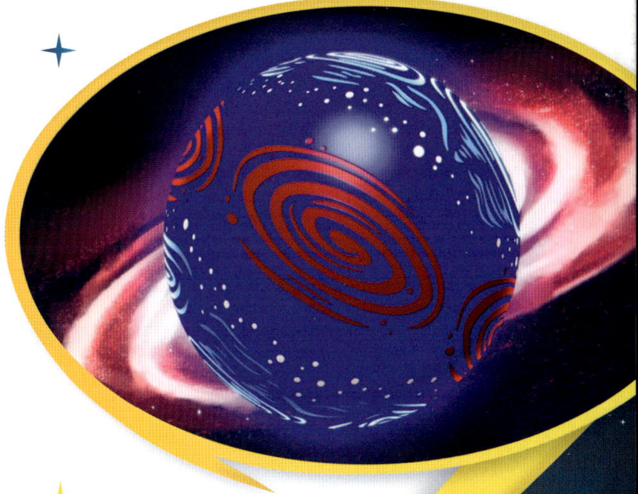

Pour prendre Charybde de court, Aïssa décide de commencer par Arneb, la marblegen Lièvre connue pour être la plus rapide du tournoi. Arneb se loge immédiatement dans le puits et marque un point, avant même que les Mirages aient eu le temps de jouer ! Cependant, Kamel lance Charybde et la place à l'entrée du puits pour en bloquer l'accès.

— Charybde ! hurle Kamel dès que Cosmo entre sur le terrain.

Malgré la stratégie qu'il a répétée avec Aïssa, Cosmo tire droit sur le tourbillon de Charybde, qui avale aussitôt sa bille ! Par la suite, les Météores ne parviennent pas à jouer un seul coup sans perdre leurs marblegens, comme si leurs billes étaient aimantées à Charybde. Elle piège même les billes Comètes !

Alors que tout espoir semble perdu, Luna et Sam font irruption dans l'arène.

– Temps mort ! réclame l'alchimiste.

– Ce n'est pas Charybde ! révèle Sam à son équipe.

Les deux enquêteurs racontent ce qu'ils ont découvert dans le laboratoire des Mirages. La bille bleue, sous l'apparence de la légendaire Charybde, cache en réalité une marblegen qui agit sur la vision des joueurs : Hypnos !

– Dès qu'on la regarde, on ne peut s'empêcher de tirer dessus, comprend Cosmo.

Le seul moyen de contrecarrer le pouvoir d'Hypnos, c'est que le sniper joue à l'aveugle.

— Si quelqu'un peut réussir ce tir, c'est bien toi, l'encourage Aïssa.

Grâce aux instructions de sa partenaire, Cosmo vise les yeux fermés, comme il l'a fait à l'entraînement. Le public retient son souffle tandis que sa Comète percute la fausse Charybde et la fait voler en éclats, libérant ainsi toutes les billes qui avaient été absorbées ! Sous les acclamations des spectateurs, les Météores révèlent la mascarade des Mirages. Aïssa et Cosmo n'ont plus qu'à loger leurs billes dans le puits pour remporter la victoire !